ESTAMPES DU XVIIIᵉ SIÈCLE

EN NOIR ET EN COULEURS

Nᵒ 58 du Catalogue

VENTE DU MARDI 24 MARS 1914

SALLE Nᵒ 7

COMMISSAIRE-PRISEUR :
Mᵉ André DESVOUGES
6, Rue de la Grange-Batelière

EXPERT :
Léo DELTEIL, Marchand d'Estampes
38, Rue de Châteaudun

Estampes du XVIIIe Siècle

des Ecoles Française et Anglaise

EN NOIR ET EN COULEURS

Conditions de la Vente

Elle sera faite au comptant.

Les adjudicataires paieront *dix pour cent* en sus des enchères.

M. Léo DELTEIL remplira les commissions que voudront bien lui confier MM. les Amateurs ne pouvant y assister.

MM. les Amateurs pourront visiter la collection, du *Mardi 17 au Lundi 23 Mars 1914*, **38, rue de Châteaudun**.

CATALOGUE

D'ESTAMPES

DU XVIIIᵉ SIÈCLE

EN NOIR ET EN COULEURS

par ou d'après

Bartolozzi, Baudouin, Beauvarlet, Boilly, Bonnet, Boucher,

Buck, Carême, Chardin, Debucourt, Demarteau,

Desrais, Fragonard, Gardner, Green,

Greuze, Huet, Janinet, Kauffmann, Lancret

Lawreince, Mallet, Morland,

Regnault, Reynolds, Russell, Vangorp, Watteau, etc,

Dont la Vente aura lieu : A PARIS, HOTEL DROUOT, Salle 7

LE MARDI 24 MARS 1914, à 2 *heures précises*

Par le Ministère de Mᵉ A. DESVOUGES, Commissaire-Priseur

26, Rue de la Grange-Batelière

Assisté de M. Léo DELTEIL

MARCHAND D'ESTAMPES-EXPERT

38, Rue de Châteaudun, 38. — PARIS

DÉSIGNATION

ALMANACHS

1. **Le Charmant Petit Confident**. *Paris, Janet*. Titre et 12 figures *avant la lettre*. — **le même**. Titre et 6 figures (sur 12). — **Les Rêveries orientales** ou les Miracles de l'ancien monde. *Paris, Janet*. Titre et 12 figures gravées par Dorgez. — **Les Echos des Bocages**. *Paris, Janet*. Titre et 12 figures. — **Le Petit Almanach des Dames** ou le Page de l'Amitié. 1807. *Paris, Janet*. Planche in-fol., avec titre, 6 figures, texte gravé. — **Les Sœurs de Charité**. *A Paris, chez Pasquier*. 8 figures, etc. Ens. 8 planches in fol. et in-4.

ACKERMANN *(Pub. R.)*

2. **Agriculture ;**
Commerce.
Deux pièces faisant pendants. *London, pub. 1799, al R. Ackermann*. In-4 en larg., au pointillé.

   Belles épreuves *rehaussées en couleurs*.

AUBRY (d'ap.)

3. **Les Amans Curieux ou la Diseuse de bonne aventure.**
Gravé par A. Legrand. In-fol. en larg.

   Belle épreuve *imprimée en couleurs*. **Marges**.

BARTOLOZZI (F.)

4. **Science resting in the Arms of Peace.** D'ap. Ang.
Kauffmann. 1780. — **The Nymph of Immortality atten-
ded by the Loves, crowning the bust of Shakespeare.**
D'après G. B. Cipriani. 1784. Deux pièces in-fol. ovales, au
pointillé.

Belles épreuves, *la 1re imprimée en couleurs, la 2e imprimée en
sanguine.*

5. — **Vénus et Junon ;**
   Jupiter et Junon.
Deux pièces faisant pendants. D'après Cipriani. In-4 ovales
en larg., au pointillé.

Très belles épreuves *imprimées en sanguine.* Marges ovales.

6. -- **Musidora.** In-fol au pointillé.

Belle épreuve *avant toute lettre.* Marges.

BASSET *(A Paris chez)*

7. **Le Jeu de la Guerre.** *A Paris, chez Basset.* Gr. in-fol.

Très belle épreuve *coloriée.*

8. — **La République aux Manes de Chalier et Barra ;**
   La Victoire aux Manes de Pelletier et Marat.
Deux pièces. In-4 ovales, au pointillé.

Belles épreuves *imprimées, la 1re en bleu, la 2e en sanguine.*
Toutes marges.

9. — **Liberté ; La Vérité ; Probité ; L'Amour fait une
offrande à la Patrie,** etc. — Réunion de 6 pièces gravées
par Pithou, Mallet, Mercier, d'ap. *Beauvain et Desrais.*
In-4 ovales, au pointillé.

Très belles épreuves *imprimées en bistre et sanguine, et rehaussées en couleurs.* Toutes Marges.

BAUDOUIN (d'ap. P. A.)

10. **L'Épouse Indiscréte**. Gravé par N. de Launay. 1771. *Dédié, avec armoiries gravées*, à S. A. S. Mgr Christian IV. Prince Palatin au Rhin. *A Paris, chez l'Auteur. A. P. D. R.* In-fol., au burin (E. B. 21).

    Belle épreuve. Filet de marges sur les côtés.

11. — **Le Fruit de l'Amour Secret**. Gravé par Voyez junior. *Dédié, avec armoiries gravées*, à M. L. H. de la Tour du Pin. *A Paris, chez Le Père et Avaulez et chez Alibert.* In-fol., au burin (23).

    Très belle épreuve avec marges, mais avec le titre de la pièce gratté.

12. — **Le Matin ;**
    Le Soir.
    Deux pièces faisant pendants. Gravées par E. de Ghendt. *A Paris, chez De Ghendt et Desmarest.* In-fol., au burin (32 et 46).

    Très belles épreuves. Petites marges.

BEAURAIN (d'ap.)

13. **L'Amour de la Patrie ; La Raison ; L'Amour fait une offrande à la Patrie ;** etc. Réunion de cinq pièces gravées par Mallet, Pithou et Carré. In-4 ovales, au pointillé.

    Très belles épreuves *imprimées en bleu (1 en sanguine)*, et à toutes marges.

BEAUVARLET (J.)

14. **La Confidence ;**
    La Sultane.
    Deux pièces faisant pendants. D'après C. Vanloo. *A Paris, chez l'auteur.* In-fol., au burin.

    Très belles épreuves.

15. — **Molière** (J.-B. Poquelin de). D'après S. Bourdon. In-fol. au burin.

Belle épreuve de ce portrait estimé. Quelques taches de mouches

BIERMANN (d'ap. P.)

16. **Vue de la Ville et du Pont de Rapperschwyl sur le lac de Zurich.** *Publié en 1791 par Ch. de Méchel à Basle.* Gr. in-fol. en larg.

Très belle épreuve *coloriée.*

BLAIZOT (d'ap.)

17. **Le Matin ;**
Le Midi ;
La Nuit.
Série de trois pièces gravées par Renard. In-4, au pointillé.

Belles épreuves *imprimées en couleurs* et rehaussées.

BOILLY (d'ap. L.)

18. **On la tire aujourd'hui.** Gravé par S. Tresca. *A Paris, chez l'auteur.* Gr. in-fol., au pointillé.

Très belle épreuve. Marges.

19. — **Le Prélude de Nina.** Gravé par Al. Chaponnier. *A Paris, chez l'Auteur.* In-fol., au pointillé.

Très belle épreuve. Marges.

20. — **Qu'elle est gentille.** Gravé par Bonnefoy. *A Paris, chez l'Auteur.* Gr. in-fol., au pointillé.

Belle épreuve *imprimée en couleurs.* Marges.

Voir la Reproduction.

21. — **L'Attention**. Petite réduction de forme ronde. Gravure anonyme. Petit in-4, au pointillé.

Belle épreuve *imprimée en couleurs*. Marges un peu frottées.

BONNET (L. Marin)

22. **Le Berger allant aux Champs ;**
Le Retour de la Pêche.

Deux pièces faisant pendants. D'après Michel. *A Paris, chez Bonnet, n° 352 et 353*. In-4 en larg., en manière de crayon.

Belles épreuves *imprimées en 2 tons : noir et sanguine*. Marges.

23. — **La Dormeuse ;**
Le Rendez-vous.

Deux pièces faisant pendants. *A Paris chez Bonnet*. Petit in-4 ovales.

Belles épreuves *imprimées en couleurs*.

24. — **Etude du Dessin ;**
Etude de la Musique.

Deux pièces faisant pendants. Gravées par Bonnet. *A Paris chez Bonnet. N° 105 et 106*. In-fol. de forme ovale, en manière de crayon.

Belles épreuves *imprimées en sanguine*. Grandes marges. Petite tache à la 1re pièce et petite déchirure en marge à la seconde.

25. — **Jeune femme assise, pêchant**. D'après Ollivier. *A Paris, chez Bonnet. N° 170*. In-4 en larg., en manière de crayon.

Très belle épreuve *imprimée en deux tons ; noir et sanguine*.

26. — **Les Jeunes Musiciennes**. D'après Raoux. In-fol. en larg., en manière de crayon.

Très belle épreuve *imprimée en couleurs, avec l'encadrement doré*. Petite restauration.

Voir la Reproduction.

27. — **The Welcome Necos.** D'après le Prince, 1778. Petit in-fol.

Très belle épreuve *imprimée en couleurs*, sans marges, sur les deux côtés, mais avec l'encadrement.

28. — **Une Source.** D'après Natoire. *A Paris, chez Bonnet. N° 177.* In-fol. en larg., en manière de crayon.

Très belle épreuve *imprimée sur papier bleu, avec la planche de blanc.*

BOUCHER (d'après F.)

29. **Abreuvoir d'oiseaux ;**
Colombier.

Deux pièces faisant pendants. Gravées par Chedel. In-fol.

Très belles épreuves à grandes marges.

30. — **L'Arrivée du Courrier.** Gravé par Beauvarlet. *A Paris, chez Basset.* In-fol., au burin.

Belle épreuve de *tirage postérieur.*

31. — **Le Départ du Courrier.** Gravé par Beauvarlet. *A Paris, chez Basset.* In-fol., au burin.

Belle épreuve à toutes marges. Mouillures.

32. — **Buste de jeune fille,** la gorge découverte. Gravé par Petit. *A Paris, chez Bonnet. N° 204.* In-4, en manière de crayon.

Belle épreuve *imprimée en sanguine.*

33. — **La Pourvoyeuse.** Gravé par Varin. In-fol., en manière de crayon.

Très belle épreuve *imprimée en sanguine.* Marges.

34. — **Vénus sur un Dauphin.** Gravé par Petit. *A Paris, chez Bonnet, n° 435.* In-fol. en larg., en manière de crayon.

Belle épreuve *imprimée en sanguine.* Toutes marges. Quelques petites déchirures dans les marges.

BOUCHER FILS (d'ap.)

35. **Intérieur d'un Temple de Vénus ;**
Parvis d'un Temple de Vénus.
Deux pièces faisant pendants. *A Paris, rue St-Jacques. à la Providence.* In-fol., à la manière de crayon.

Belles épreuves *imprimées en sanguine.* Marges.

BRICEAU (Ang.), F^{me} Allais

36. **Mirabeau** (H. G. V. Riquelli), 1791. In-fol. ovale, **au** lavis de couleurs.

Très belle épreuve *imprimée en couleurs.* Marges ovales.

BUCK (d'ap. Adam)

37. **Miss Bloomfield.** Gravé par T. Chesman. *London, pub. 1803, by W. Holland.* In-fol., au pointillé.

Belle épreuve. Marges.

BUNBURY (d'ap.)

38. **A Dancing Bear.** Gravé par C. Knight. *London, pub. 1785 by W. Dickinson.* Gr. in-fol. en larg., au pointillé.

Belle épreuve *imprimée en ton légèrement bistré.*

38 *bis.* — **Florizel and Antolicus.**
Rosalind, Celia and Touchstone.
Deux pièces gravées par Duterrow et J. Chapman. *London, pub. 1792 et 1794 by Th. Macklin.* In-fol. en larg., au pointillé.

39. — **Love and Honour ; My Fattrer**... etc. Deux petites pièces de forme ovale. Petit in-4 en larg., au pointillé.

CANOVA (d'ap. Ant.)

40. **Satyre qui se plait des charmes de Vénus.** Gravé par
Caj. Venzo. In-fol. en larg., au pointillé.

> Belle épreuve *imprimée en couleurs.*

CARÊME (d'ap.)

41. **L'Aveugle détrompé.** Gravé par Wossenik. *A Paris,
chez la Ve Avaulez.* A. P. D. R. In-fol., en manière de
crayon.

> Très belle épreuve *imprimée en couleurs.* Marges.

42. — **La Joyeuse Orgie.** Gravé par A.F. Hemery. *A Paris,
chez l'Auteur.* In-fol. en larg.

> Belle épreuve.

43. — **Le Réveil du Carlin ;**
   Le Plaisir.
Deux pièces, la 1re gravée par Carrée, la 2e anonyme. In-fol.

> Belles épreuves *imprimées en couleurs* ; la 2e avec quelques re-
hauts de coloris.

CAZENAVE

44. **Jupiter et Danaé.** *A Paris, chez Bance jeune.* In-fol. en
larg., au pointillé.

> Belle épreuve *imprimée en couleurs.*

CHALLE (d'ap.)

45. **La Belle Julie ;**
   La Douce Emilie.
Deux pièces faisant pendants. *J. J. Haid et fils, excud.*
In-4, à la manière noire.

> Belles épreuves à toutes marges.

N° 20

N.° 26

CHAPONNIER

46. **Le Lever ;**
    Le Coucher.
Deux pièces d'après Mallet et Vanloo. In-4, au pointillé.

Belles épreuves *imprimées en couleurs* et rehaussées.

47. **— Offering up ;**
    Vestal.
Deux petites pièces ovales faisant pendants. In-8 ovales, au pointillé.

Très belles épreuves de deux charmantes petites pièces, *imprimées en bistre et en sanguine*. Marges.

CHAPUY (J. B.)

48. **Vue perspective du Champ de Mars,** jour du serment Civique prononcé par la Nation française assemblée à Paris le 14 J^{llet} 1790. D'ap. Le Roy. Gr. in-fol. en larg., au lavis de couleurs.

Belle épreuve *imprimée en couleurs*.

CHARDIN (d'ap. J. B. S.)

49. **Le Négligé ou la Toilette du Matin.** Gravé par Le Bas, 1741. *A Paris, chez J. P. Le Bas.* In-fol., au burin (E. B. 38).

Très belle épreuve. Petite marge.

CIPRIANI (d'ap. G. B.)

49 *bis.* **Gracefulness.** Gravé par A. Van Assen. *London, publ. by J. Read, 1790.* Petite pièce de forme ronde, au pointillé.

Belle épreuve *imprimée en couleurs*.

COCHIN FILS (d'ap. C. N.)

50. La Charmante Catin. Gravé par Madeleine Cochin. *A Paris,
chez Cochin.* Petit in-fol.

Très belle épreuve. Marges.

51. — **Moïse.** Gravé par Mme Lingée. In-fol., à la manière de
crayon.

Epreuve *avant la lettre, imprimée en sanguine,* toutes marges.

CŒURÉ (d'ap.)

52. Les Amans; Les Epoux. Série de quatre pièces gravées
par Alix. *A Paris, chez Ostervald l'ainé.* In-fol. en larg.

Belles épreuves *imprimée en couleurs.* Marges.

CONYERS (d'ap. Julia)

52 bis. L'Heure du Berger. Gravé par Benoist. *A Paris, chez
Bance.* Petit in-fol. en larg., au pointillé.

Belle épreuve *imprimée en 2 tons : noir et sangine.*

COPIA (L.)

**53 L'Amour et l'Amitié ;
L'Innocence en danger.**

Deux pièces faisant pendants. D'après Vincent et Desvoge.
A Paris, chez Bance le jeune. In-fol., au pointillé.

Très belles épreuves *imprimées en couleurs.* Marges.

COSTUMES, MODES

**54. Ier Cahier de la Collection d'Habillements modernes
et galants,** avec les habillements des Princes et Seigneurs.
Ire feuille (Louis XVI); 2e feuille (Marie-Antoinette); 5e feuille
(Comte d'Artois) et 6e feuille (Comtesse d'Artois). Quatre
pièces gravées par Deny. D'ap. Desrais. *A Paris, chés
Basset.* In-fol.

Très belles épreuves *coloriées.* Marges. Rare.

Voir la Reproduction.

55. — **Galerie des Modes : La jeune insouciante** adinant avec son éventail. — **Jeune dame** en robe de taffetas de couleur à volonté. — Deux pièces gravées par Dupin, d'ap. Watteau fils et Desrais. Epr. *coloriées*. (Petite déchirure et pli à la 2ᵉ pièce).

56. — **Ils ont été, ils sont et ils seront.** Pièce satyrique sur la Mode. *A Paris, chez Depeuille, an 10.* In-fol. en larg.
  Belle épreuve.

COUTELLIER

57. **Joseph Menier.** In-4, au lavis de couleurs.
  Epreuve *imprimée en couleurs*, avec son encadrement. Titre rapporté. Encadrée.

DEBUCOURT (P. L.)

58. **Le Menuet de la Mariée.** Peint et gravé par Debucourt, 1786. *Dédié, avec armoiries gravées,* à M. le Comte De Cossé. *A Paris, chez l'Auteur.* In-fol., au lavis de couleurs.

  Très belle épreuve *imprimée en couleurs*, du 1ᵉʳ tirage, *avec un seul point après la date* et *avant les retouches.* Elle a été remmargée avec soin sur les côtés par Vigna.

  Voir la reproduction.

59. — **Un Gourmand.** Dessiné-gravé par D...ᵗ. In-fol. ovale, en larg., au lavis. (M. Fenaille 150).
  Belle épreuve.

  Voir la reproduction.

60. — **Un Usurier.** Dessiné et gravé par D...ᵗ. 1804. In-fol. en larg., de forme ovale, à l'aquatinte (151).
  Très belle épreuve avec marges.

61. — **Les Courses du Matin ou la Porte d'un Riche.** Dessiné et gravé par P. L. D. C...ᵗ, an 13 (1805). In-fol. en larg., à l'aquatinte (173).
  Très belle épreuve à grandes marges.

62. — **S. A. R. Madame, d**ᵃˢᵉ **d'Angoulème, consolant l'Aveugle du Sichon**. D'après Echard. *A Paris, chez Bance.* In-fol. en larg., à l'aquatinte (333).

Belle épreuve *en couleurs*. Marges. Rare.

DEMARTEAU (G.)

63. **La Jardinière**. D'après Boucher (nᵒ 54). In-fol., à la manière de crayon.

Très belle épreuve *avant le trait carré, les armes et le nᵒ,* et *imprimée en sanguine*. Marges.

64. — **Pastorale (La Bergère endormie)**. D'après Boucher. Nᵒ 111. Petit in-fol. en larg., à la manière de crayon.

Belle épreuve *imprimée en sanguine* et à toutes marges.

65. — **Tête de Femme**, grandeur nature. D'après Vincent. 1786. Nᵒ 648. Gr. in-fol., en manière de crayon.

Belle épreuve *imprimée en deux tons : noir et sanguine*. Encadrée.

66. — **Baigneuse**. D'après F. Boucher. In-4 ovale, en manière de crayon.

Belle épreuve *imprimée aux deux crayons*.

67. — **Suite de Paysage, par Houel.** — Suite complète de quatre pièces gravées par Demarteau. Petit in-4 en larg.

Très belles épreuves *imprimées en sanguine*.

DESRAIS (d'ap.)

68. **Le Baiser deviné ;**
La Chute favorable.
Deux pièces faisant pendants, gravés par Deny. *A Paris, chez l'Auteur.* In-fol. en larg.

Belles épreuves.

69. — **Chalier** (Joseph);

  Viala (Agricola).

Deux portraits gravées par Beauvalet et Pitou. *A Paris, chez Basset*. In-4 ovales, au pointillé.

  Très belles épreuves *imprimées en couleurs*, et à toutes marges.

DREVET (Cl.); LÉPICIÉ; PETIT

70. **Sinzendorf** (Ph. L., Cte de). D'après Rigaud. — **Boullongue** (Louis de). D'après Rigaud. 1736. — **Titon du Tillet** (E.). D'ap. Largillière. 1737. — Ens. 3 pièces in-fol., au burin.

  Belles épreuves, sauf la 2e qui est un peu épidermée. La 1re pièce est doublée.

DROUAIS (d'ap.)

71. **L'Aimable Jeunesse** (Portrait des Enfants de France, le Cte d'Artois et Mlle Clotilde). *Se vend à Augsbourg, chez J. J. Haid et fils*. Gr. in-fol., à la manière noire.

  Belle épreuve.

DUCLOS (A. J.)

72. **La Reine annonçant à Mme de Bellegarde des Juges et la liberté de son mari, en mai 1777.** D'après Desfossés. 1779. In-fol. en larg., au burin.

  Première épreuve de *souscription, avant la lettre*.

DUTAILLY (d'ap.)

73. **On doit à sa Patrie le sacrifice de ses plus chères affections ; Il est glorieux de mourir pour sa Patrie.** — Deux pièces faisant pendants. Gravées par Coqueret. In-fol., au lavis de couleurs.

  Belles épreuves *imprimées en couleurs*, remmargées.

DUTERTRE (d'ap. A.)

74. **Desaix** (L. Ch. Ant.). En pied. Dessiné au Caire, an 7 et 8. Gravé par Monsaldi. Gr. in-fol.

  Belle épreuve. Marges.

Écoles anglaise et Française

Pièces anonymes et diverses
Petites pièces de forme ronde ou ovale

75. Baigneuses. Pièce de forme ovale. In-4 en larg., au pointillé.

Belle épreuve *imprimée en couleurs*. Sans marges.

75 *bis*. — Cupid. Petite pièce anonyme de forme ronde, au pointillé.

Très belle épreuve *imprimée en couleurs*. Marges.

76. — Les danseuses italiennes. Pièce anonyme, avant toute lettre. In fol., de forme ronde, au pointillé.

Belle épreuve *imprimée en bistre et sanguine*, avec quelques rehauts. Marges.

76 *bis*. — Drawing ;
        Music ;
        Singing ;
Série de trois pièces, gravures anglaises anonymes. Petit in-4 de forme ovale, au pointillé.

77. — Enfants jouants avec des bulles de savons. — Deux petites gravures anglaises anonymes. In-4, au pointillé.

Belles épreuves. Marges.

77 *bis*. — Jeux d'enfants. Deux pièces de forme ovale, en larg., la 1re gravée par White, d'ap. W. Hamilton. In-4 ovales, au pointillé.

Belles épreuves *imprimées en plusieurs tons* ; la 2e sans marges.

78. — Les Petits Savoyards. Scène de ballet dansée par MM^{mes} St-Aubin et Renaud. In-fol. ovale.

Belle épreuve *imprimée en couleurs*. Sans marges.

79. — **La Première leçon de Danse**. Pièce anonyme du
1er empire, ép. *imprimée en couleurs, sur soie.*

80. — **L'Amour désarmé**. Petite pièce ronde, anonyme,
an pointillé.

    Jolie petite pièce. Très belle épreuve *avant toute lettre*, et à
grandes marges.

81. — **Education de l'Amour**. Petite pièce de forme ronde,
au pointillé.

    Belle épreuve *imprimée en couleurs.*

82. — **Sujets divers, Attributs**, etc. Réunion de 17 petites
pièces rondes, en losange, etc., *imprimées en couleurs et en
camaieu.*

83. — **Sujets divers**, d'après Sauvage, et autres. Réunion de
7 petites pièces, la plupart de forme ronde *(1 imp. en bleu et
1 imp. en couleurs).*

84. — **Sujets divers ; Paysage ; Les Quatre Saisons**. Réunion de 7 jolies petites pièces de forme ronde, dont *4 imprimées en couleurs (1 sur soie).*

85. — **Allégorie du Mariage du Dauphin**. Gravé par
Demarteau, d'après Guérin (n° 222). Ep. *imprimée en sanguine.* — **The French Lady in London**. Pièce satirique
du xviii° siècle sur les Coiffures. — **G.Washington**. *A Paris,
chez Esnauts et Rapilly*, etc. Quatre pièces.

86. — **Le Plaisir de la Pêche**. Gravé par Beauvarlet, d'après
Boucher. Ep. de *tirage postérieur.* — **Paysages et ani
maux**. 8 pièces gravées par Laurent, d'après Boucher, Des-
hayes et Loutherbourg (6 sans marges), etc. Ens. 9 pièces.

87. — **Tombeau du g**al **Moreau**. Dessin à la sépia par Gimbel.
— **Portrait de Religieuse**. — **Clairon et la bohémienne**,
etc. — Cinq dessins.

87 *bis*. — **Grandes têtes de femmes**. D'après Le Clerc. *Ep
imp. aux deux crayons*. — **Les Plaisirs du Printemps et
de l'Automne**. Deux pièces *coloriées*. — **IIe Cahier de
Principes de Paysages** dess. d'après nature par M. de M.
et gravé par Mlle Moitte. *A Paris, chez Chereau*. Suite complète de 4 pièces *imprimées en sanguine*, toutes marges. —
Ens. 8 pièces.

EISEN (d'ap. F.)

88 **La Marchande de Chansons**. Gravé par P. L. Cor.
A Paris, chez Père et Avaulez. In-fol.

Très belle épreuve. Marges. *Rare*.

89. — **L'Optique**. Gravé par B. L. Henriquez. *A Paris, chés
Buldet*. In fol., au burin.

Belle épreuve.

EYMAR (J.)

90 **Les Jeux Enfantins**. Petit in-4 ovale, au pointillé.

Charmante petite pièce. Belle épreuve *imprimée en couleurs*.
Marges.

FRAGONARD (d'ap. H.)

91. **Annette à l'âge de quinze ans ;
Annette à l'âge de vingt ans**.
Deux pièces faisant pendants. Gravées par F. Godefroy.
Dédiées, avec armoiries gravées, à M. Vassal de St-Hubert.
A Paris, chés l'auteur. In-4 en larg.

Belles épreuves.

92. — **Le Baiser**. Gravé par Marchand. *A Paris, chés l'Auteur*.
In-fol., au burin.

Très belle épreuve. Petites marges.

93. — Le Baiser amoureux;
      L'Instant désiré.

Deux pièces faisant pendants. *A Paris, chés Esnauts et Rapilly* Petit in-fol., au burin.

Très belles épreuves. Marges.

94. — Ma Chemise brûle !... Gravé par Aug. Le Grand. In-fol. en larg., au pointillé.

Très belle épreuve de tirage postérieur. Marges.

95. — La Mère de Famille. Gravé par A. Romanet. *A Paris, chez Décrouan.* In-fol. en larg., au burin.

Très belle épreuve à toutes marges. Déchirure dans le bas de la marge de gauche.

96. — Groupes d'Amours. Motifs pour plafond. Deux pièces gravées par St-Non. 1766. In-fol. en larg., à l'aquatinte, toutes marges.

FREUDEBERG (d'ap. S.)

97. L'Occupation. Gravé par Lingée. In-4, au burin. Epreuve rognée à l'encadrement.

GARDNER (d'ap. D.)

98. Fidelity. Gravé par C. White, Petit in-fol. ovale en larg., au pointillé.

Jolie pièce. Belle épreuve.

Voir la Reproduction.

GARNEREY

98 *bis*. Vue générale du Port de Brest;
      Vue de la ville et du Port du Hâvre;

Deux pièces faisant pendants. *A Paris, chez Bassel.* In-fol. en larg., à l'aquatinte.

Très belles épreuves *en couleurs*. Marges.

GAUTIER-DAGOTY

99. **Maupeou.** In-4, à la manière noire.

Belle épreuve *avant la lettre, imprimée en couleurs.*

GÉRARD (d'ap. Mlle)

100. **Je m'occupais de vous.** Gravé par Vidal. *A Paris, chez Depeuille.* Gr. in-fol.

Belle épreuve *imprimée en couleurs.* Marges.

GREEN (V.)

101. **Miss Carpenter.** D'après T. Kettle. *Sold by Ryland and Bryer.* Gr. in-fol., à la manière noire.

Belle épreuve.

GREUZE (d'ap. J. B.)

102. **La Cuisinière.** Gravé par?. In-fol., au burin.

Belle épreuve *avant toute lettre.* Marges.

103. — **La Petite fille au chien.** Gravé par Porporati. *Dédié, avec armoiries gravées, à Mgr le duc de Choiseul. A Paris, chés J. B. Greuze, rue Thibautodé.* In-fol., au burin.

Très belle épreuve *du 1er tirage, avec l'adresse de la rue Thibautodé.* Marges.

104. — **La même pièce**: *A Paris, chez Gaillard.* In-fol., au burin.

Très belle épreuve avec la 2e adresse.

GUYOT

105. **Rural amusement.** D'après J. Russel. Petit in-4 ovale, en long.

Belle épreuve *imprimée en couleurs.*

HOIN (d'ap.)

106. **L'Écueil de la Sagesse.** Gravé par De Monchy. *A Paris,
chez l'Auteur.* In-fol.

Belle épreuve à toutes marges. Pli d'impression.

HUBERT-ROBERT et FRAGONARD (d'ap.)

106 *bis.* **Paysages d'Italie.** Gravées par St-Non. 1766-1768.
Quatre pièces. In 4 en long, à l'aquatinte.

Belles épreuves à toutes marges.

HUET (d'ap. C.)

107. **Singeries ou différentes actions de la vie humaine**
représentées par des singes, gravées sur les desseins de
C. Huet par J. Guélard. *A Paris, chez Guélard ; et chez
Charpentier.* — Suite de titre, dédicace, et 12 pièces.

HUET (d'ap. J. B.)

108. **Ce qui est bon à prendre, est bon à garder.** Gravé par
Al. Chaponnier. In-fol., au pointillé.

Superbe épreuve *avant la lettre,* à toutes marges.

109. — **Euridice courant sur l'herbe avec d'autres nym-
phes,** est mordue d'un serpent. Gravé par Bonnet. *A Paris,
chez Bonnet.* Petit in-fol.

Belle épreuve *imprimée en couleurs.*

110. — **Vénus enflammée par l'Amour.** Gravé par Bonnet.
In-fol.

Belle épreuve *imprimée en couleurs.*

ISABEY (d'ap. J. B.)

111. **Le Départ.** Gravé par Darcis. *A Paris, chez Bance.* Gr.
in-fol., au pointillé.

Très belle épreuve *imprimée en couleurs.* Marges.

112. — **Wanda, Pauline et Emma,** filles de Severin Potocki
et d'Anne Potocka, née Sapiecha. Gravé par L. Copia. In-fol.
ovale, au pointillé.

> Belle épreuve.

JANINET (J. F.)

113. **Coiffures de Femmes.** Cinq pièces de forme ovale sur une
même feuille. In-fol., au lavis de couleurs.

> Superbe épreuve *imprimée en couleurs*, et à toutes marges.

Voir la Reproduction.

114. — **Femme au cœur** (D'ap. Boucher), *A Paris, chez
Janinet.* In-fol., en manière de crayon.

> Épreuve *imprimée en sanguine*.

115. — **Mlle Colombe,** Rôle de Belinde dans la Colonie.
Mlle St Huberti, Rôle de Didon.
Deux pièces faisant pendants. D'après Dutertre. In-4, au
lavis de couleurs.

> Très belles épreuves *imprimées en couleurs*. Marges.

116. — **Projet d'un Palais de Législature.** Dédié à l'Assemblée Nationale. D'ap. Florentin Gilbert. In-fol. en larg.,
au lavis de couleurs.

> Belle épreuve *imprimée en couleurs*.

117. — **Repas des Moissonneurs.** D'après Wille. 1774. *A Paris,
chez Le Père et Avaulez.* In-fol. en larg., au lavis de couleurs.

> Belle épreuve *imprimée en couleurs* avec quelques rehauts. La
> marge du bas salie et quelques petites épidermures. Encadrée.

118. — **Ruine d'Athesne ;**
Vue des ruines de l'aqueduc d'Adrien.
Deux pièces faisant pendants, d'après Boucher. In-fol., en
manière de crayon.

> Belles épreuves *imprimées en sanguine*. Grandes Marges.

JANINET (J. F.) et CHAPUIS (J. B.)

119 **Acteurs et Actrices, en pieds, dans leurs rôles.**
Réunion de 8 pièces *imprimées en couleurs*. Petites marges.

KAUFFMAN (d'ap. A.)

120. **Achille découvert par Ulysse.** Petit in-4 ovale en larg.,
au pointillé.

Belle épreuve *imprimée en couleurs*. Sans marges.

121. — **Cornelia Mottres of the Gracchi ;**
Cleopatra aud Meleagar.
Deux pièces faisant pendants. Gravées par F. Bartolozzi et
Ruhot. *A Paris, chez M*ᵐᵉ *Breton*. In-fol. en larg., au
pointillé.

Belles épreuves *imprimées en couleurs*. Marges. Encadrées.

122. — **Danse des Graces — Le Triomphe de l'Amour.**
Deux pièces gravées par S. Scorodomoff. In-fol. et gr. in-
fol., de forme ronde, au pointillé.
Belles épreuves *imprimées en sanguine*.

LANCRET (d'ap. N.)

123. **L'Adolescence.** Gravé par N. de Larmessin. In-fol. en
larg. (E. B. I.).
Belle et *rare* épreuve du 1ᵉʳ *état, à l'eau forte, non terminée*.
Etat non cité par Bocher.

124. — **Les Amours du Bocage.** Gravé par N. de Larmessin.
A Paris, chez N. de Larmessdin. In-fol. en larg., au burin (8).
Belle épreuve.

125. — **L'Enfance ;**
La Jeunesse ;
L'Adolescent ;
La Vieillesse ;
Série de quatre pièces gravées par N. de Larmessin. In-fol.
en larg., au burin (1, 28, 45 et 86).

126. — **L'Été**. Gravé par De Larmessin. In-fol. en larg. (30).

Très belle et rare épreuve d'un *état non décrit, à l'état d'eau forte, avant les noms des artistes* (le nom de Larmessin à l'encre). Marges.

127. — **Repas italien**. Gravé par J. P. Le Bas. *A Paris, chez J. P. Le Bas.* Gr. in-fol. en larg.

Belle épreuve avec marges. — Plis et déchirure.

128. — **La Servante justifiée**. Gravé par De Larmessin. *A Paris, chez De Larmessin.* In fol. en larg., au burin (73).

Très belle épreuve du *1ᵉʳ tirage* à grandes marges.

LASINIO (C.)

129. **Le Plaisir Innocent**. D'après Aug. Kauffman. *A Florence, chez Cecconi.* In 4 ovale.

Belle épreuve *imprimée en couleurs*.

LAWREINCE (d'ap. N.)

130. **Le Lever des Ouvrières en Modes**. Gravé par Dequevauviller. In-fol. en larg. (E. B. 36).

Bonne épreuve *imprimée en bistre et sanguine*, avec quelques rehauts de coloris. Doublée et petite déchirure dans le bas de la pièce ; le nom du graveur gratté.

131. — **On y va deux ;**
The Green Plot.

Deux pièces anonymes. Petit in-4 ovale et in-4.

Belles épreuves ; marges.

LAWRENCE (d'ap. Sir Th.)

132. **To the Lady Malbourough, this Print of the Portraits of Lady Bagot of the Vss Busghersh, and Lady Fitzroy Somerset**. Gravé par J. Thomson. *London, pub. 1827, by Moon, Boys and Graves.* Gr. in-fol., au pointillé.

Belle épreuve.

LE BARBIER (d'ap.)

133. Vue des Ruines du Campo Vacino à Rome. Gravé par
Mde Alais. In-fol , au lavis de couleurs.

Belle épreuve *imprimée en couleurs.*

LE GRAND (A.)

134. Le Bât. 1801. *A Paris, chez Lorrion.* In-fol. en larg., au
pointillé.

134 *bis*. — Le Roman;
       La Romance.
Deux pièces faisant pendants. D'après Schmit. *A Paris, chez
Bance aîné.* In-4, au pointillé.

Belles épreuves *imprimées en couleurs.*

LE GRAND (P. F.)

135. Le Jugement de Paris. *A Paris, chez Le Grand.* In-4
ovale, en larg.

Très belle épreuve *imprimée en ton légèrement bistré*, et à toutes
marges.

LE NOIR (Roze)

136. Charlotte at the tomb of Werther. *Sold by Le Noir,
Paris.* In-fol., de forme ronde.

Belle épreuve *imprimée en couleurs.*

LE PRINCE (J. B.)

137. Les Laveuses. 1771. In-fol., au lavis.

Belle épreuve *imprimée en bistre.*

**138. Le Marchand de Gâteaux; Halte de Calmouks;
Paysages.** — Réunion de dix pièces tirées sur trois feuilles.
In fol., à l'eau-forte et à l'aquatinte.

Belles épreuves ; les deux premières *imprimées en bistre.*

LESUEUR (d'ap. L.)

139. **Le Moulin ;**
   Vue du Prieuré de St Philibert.
   Deux pièces faisant pendants. Gravées par J. Marchand.
   A Paris, chez l'Auteur. Petit in-fol. en larg.

   Belles épreuves *imprimées en plusieurs tons et rehaussées en couleurs.*

MALLET (d'ap. J. B.)

140. **Le Lit d'Amour.** Gravé par J. Prud'hon fils. *A Paris, chez Basset.* In-fol. en larg., au pointillé.

   Très belle épreuve *imprimée en couleurs et rehaussée.* Marges.

141. **— Le Petit Grand Sultan.** Gravé par Benoist. *A Paris. chez Ostervald l'aîné.* Pièce ronde. Petit in-4, au pointillé.

   Belle épreuve *imprimée en deux tons :* noir *et* bistre. Marges.

MALLET et VANLOO (d'ap.)

142. **Le Lever ;**
   Les Cartes ;
   Le Coucher.
   Trois pièces gravées par Chaponnier, Cardon et Benoist.
   In-4, au pointillé.

   Belles épreuves *imprimées en couleurs ;* La 3e *avant la lettre* (restaurations dans la marge du bas).

MARTINET (Th^{se})

143. **Sujets galants.** Deux petites pièces faisant pendants.
   Dédiées, avec armoiries gravées, à M. de Saulieu. Petit in-4 en larg.

MEYNIER (d'ap.)

144. **La Nimphe surprise.** Gravé par Bourgeois de la Richardière. *A Paris, chez Joubert fils et Ch. Bance.* In-fol. en larg., au pointillé.

   Belle épreuve *imprimée en couleurs.*

N° 58

N° 98

N° 54

N° 113

MIXELLE

145. **Sujets Mythologiques.** Série de 12 petites pièces.

Très belles épreuves *imprimées en couleurs.*

MOITTE (d'ap. J. J.)

146. **Le Bouquet déchiré ;**
La Curiosité punie.
Deux pièces faisant pendants. Gravées par Deny. *A Paris,*
chez l'Auteur. In-fol.

Belles épreuves à toutes marges.

MONSIAU (d'après)

147. **La Mort d'Abel.** Suite de 6 pièces gravées par Colibert,
Cazenave, etc. In-4.

Belles épreuves *avant la lettre, imprimées en couleurs.* Marges.
Encadrées.

MOREAU L'AINÉ (d'ap. L.)

148. **On y court plus d'un Danger.** Gravé par Germain. Petit
in-fol.

Belle et *très rare* épreuve à *l'état d'eau forte pure.* Marges.

MOREAU LE JEUNE (d'ap. J. M.)

149. **Memnon ou l'Ecœuil du Sage.** Gravé par Vidal. *A Paris,*
chez l'Auteur. In-fol., au burin.

Très belle épreuve. Petites marges.

MORLAND (d'ap.)

150. **Boys Bathing : Garçons baignant ; Boys robbing an**
Orchard : Garçons dérobant un verger. Deux pièces
faisant pendants. Gravées par J. P. Levilly. In-fol. en larg.,
au pointillé.

Très belles épreuves à toutes marges.

151. — **Boys robbing an Orchard: Garçons dérobant un verger.** Gravé par J. P. Levilly. In-fol. en larg., au pointillé.

Très belle épreuve *imprimée en couleurs*.

152. — **Constancy.** Gravé par Bartolotti. In-fol., au pointillé.

Très belle épreuve à toutes marges.

153. — **Louisa.** Gravé par Aug. Legrand. In-fol. ovale, au pointillé.

Belle épreuve *imprimée en couleurs*.

154. — **Les Petits ramasseurs de bois.** Gravé par Levilly ? In-fol., au pointillé.

Belle épreuve *imprimée en couleurs*. Sans marges.

MORLAND et SMITH (d'ap.)

155. **La Visite à la Nourrice ;**
La Visite au Grand-Père.

Deux pièces faisant pendants. Gravées par Le Cœur. *A Paris, chez l'Auteur*. In-fol., au lavis de couleurs.

Très belles épreuves *imprimées en couleurs*. Marges.

MORRET (J. B.)

156. **La Faiseuse de galette ;**
Les Flamands en belle humeur.

Deux petites pièces faisant pendants. D'après J. Aufwach. *A Paris, chez Morret*. Petit in 4 en larg., au lavis de couleurs.

Belles épreuves *imprimées en couleurs*.

NORTHCOTE (d'ap.)

156 *bis*. **The Frist interview of Werter and Charlotte ;**
Werther contemplating on Charlotte.

Deux petites pièces faisant pendants. Gravées par Schleich. Petit in-4, de forme ronde, au pointillé.

Belles épreuves *imprimées en ton bistré*.

OSTADE (d'ap. V.)

157. **Le Double baiser ;**
Que veut-il voir !...
Deux pièces faisant pendants. Gravées par De Villeneuve et
Perdrieux. In-4 de forme ronde, à l'aquatinte.

Bonnes épreuves *imprimées en couleurs.* Encadrées.

PARIZEAU (Ph. L.)

157 *bis.* **Henri IV chez Michau.** 1780. *A Paris, chez Ph. L.
Parizeau.* In-fol. en larg., au lavis de couleurs.

Belle épreuve *imprimée en couleurs.* marges.

PAROY (d'ap. le Cte de)

158. **Les Trois Parques.** Allégorie sur Marie-Antoinette. Gravé
par Janinet ? In-fol. en larg.

Très belle épreuve *avant toute lettre, imprimée en couleurs.*
Marges. Rare.

PAUQUET (L.)

159. **Pièce allégorique en l'honneur de Louis XVI et
Marie-Antoinette** (Dans un intérieur rustique, un jeune
enfant porté par son père, entoure de ses petits bras le buste
de Marie-Antoinette placé à côté de celui de Louis XVI ;
toute la famille contemple ce tableau), 1785. In-fol. en larg.

Belle et rare pièce à l'*état d'eau-forte.*

PAYEN

160. **L'Enlèvement.** In-fol. au pointillé.

Belle épreuve avec marges.

PETERS (d'ap.)

160 *bis*. **Clara ;**
Lydia.
Deux pièces faisant pendants. In-4 ovales, au pointillé.
Belles épreuves *imprimées en couleurs*. Rognées à l'ovale.

PICOT

161. **Buste de jeune femme.** *London, publ. 1778 by V. M. Picot.* In-4 ovale, au pointillé.
Belle épreuve *imprimée en sanguine*. Encadrée.

PORPORATI (C. A.)

162. **Le Coucher.** D'ap. J. Vanloo. Gr. in-fol., au burin.
Belle épreuve *avant toute lettre*.

PRUD'HON (d'ap.)

163. **Une Source ?** Dess. par Deveria, d'après le croquis de feu Prud'hon. Gravé par Prud'hon fils. In-4 en larg., au pointillé.
Belle épreuve *imprimée en couleurs*. Filet de marges.

PRUD'HON et Mlle MAYER (d'ap.)

164. **L'Amour séduit l'Innocence ;**
L'Innocence préfère l'amour à la richesse.
Deux pièces faisant pendants, gravées par B. Roger. Gr. In-fol., au pointillé.
Très belles épreuves *avant la lettre*. Marges.

REGNAULT (N. F.)

165. **Ah, s'il s'éveillait !**
Dors, dors.
Deux pièces faisant pendant. *A Paris, chez Delalande.* In-fol.
Belles épreuves avec marges. Encadrées, cadres anciens.

REYNOLDS (d'ap.)

166. **Duchess of Manchester, and her son** (représentées en Diane et Cupidon). Gravé par J. Watson. Gr. in-fol., à la manière noire.

Très belle épreuve *gouachée à l'époque.* Sans marges. Encadrée.

ROWLANDSON (d'ap.)

167. **A Sketch from Nature**. Gravé par W. P. Carey. In-fol. en larg.

Belle épreuve *rehaussée en couleurs.* Encadrée.

RUSSELL (d'ap. J.)

168. **The Favorite Rabbit;**
Tom and his Pidgeons.

Deux pièces faisant pendants. Gravées par C. Knight. *London, pub. 1797.* In-fol. en larg., au pointillé.

Très belles épreuves *imprimées en couleurs.* Marges.

RYLAND (W.-W.)

169. **Domestic Employment**. In-fol. ovale, au pointillé.

Belle épreuve *imprimée en sanguine.* Filet de marges ovales.

QUEVERDO (d'ap.)

170. **Céphise surprise près du bain.** Gravé par Patas. *A Paris, chez Esnauts et Rapilly.* In-fol.

Belle épreuve. Filet de marges et petite restauration dans l'encadrement en haut à droite.

ROMNEY (G.) et BARTOLOZZI (d'après F.)

171. **Nature** (Portrait de Lady Hamilton) :
Cheerfulness.

Deux pièces faisant pendants. Gravées par A. Zaffonati et Venzo. In-fol.

Belles épreuves *imprimées en couleurs.* Grandes marges.

SAINT-NON

172. **Paysages d'Italie**. Deux pièces d'ap. Hubert Robert. Ep. *imprimée sur papier bleu*. Sans marges. — **Paysage**. D'après Boucher — **La Danse de l'Ours**. D'après Fragonard. — Ens. 4 pièces.

St-QUENTIN (d'ap.)

172 *bis* **Diane endormie**;
    Vénus endormie.
Deux pièces faisant pendants. Gravées par Littret en 1764. *A Paris, chés Buldet. Chez M. de Michel*. In-fol. en larg.

Belles épreuves. Marges.

SCHENAU (d'ap.)

173. **La Bonne Amitié**. Gravé par Chevillet, 1769. *A Paris, chez Chevillet*. In-fol., au burin.

Très belle épreuve. Marges.

SCHENCKER

174. **La Liseuse**. Dess. par Massot. *A Paris, chez Schencker*. In fol. ovale, au pointillé.

Très belle épreuve. Marges. Pendant de la *Naïveté*.

SERGENT; LE CAMPION

174 *bis*. **Vue du Champ de la Fédération**. D'après Bourjot. — **Prise de la Bastille**. Deux pièces in-4 en larg., au lavis de couleurs.

Epreuves *imprimées en couleurs*.

SICARDI (d'ap.)

175. **Oh, che Fortuna!** Gravé par Bouquet. *A Paris, chez l'Auteur*. In-fol. ovale, au pointillé.

Belle épreuve *imprimée en couleurs*. Marges.

SIMON (d'ap. I. P.)

176. **La Tireuse de Cartes**. Gravé par L. C. Ruotte. *A Paris*, *chez Tessari et C°*. Gr. in-fol., au pointillé.

Très belle épreuve *imprimée en couleurs*, avec rehauts.

SINGLETON (d'ap. H.)

176 *bis*. **War ;**
Place.

Deux pièces faisant pendants. Gravées par J. Whessell. *London, pub. 1805 by John P. Thompson*. Gr. in-fol., au pointillé.

Très belles épreuves *imprimées en plusieurs tons et coloriées*. Marges.

SMITH (J.)

177. **M**ʳˢ **Ann Warner**. D'après M. de Largillière. In-fol. ovale, à la manière noire.

Belle épreuve.

SMITH (d'ap. J. R.)

178. **Credulous Lady and Astrologer**. Gravé par Maucler. *Sold by Le Noir*. In-fol. de forme ovale, au pointillé.

Très belle épreuve *imprimée en bistre*. Marges.

VANGORP (d'ap.)

179. **La Curiosité punie**. Gravé par L'Empereur. In-fol. en larg.

Très belle épreuve *avant la lettre*.

VANLOO (d'ap. C.)

180. **Le Concert du Grand Sultan**. Gravé par C. A. Littret, 1766. Gr. in-fol. en long. (Petite déchirure dans la marge du haut).

181. — **Lecture Espagnole**. Gravé par Beauvarlet. In-fol., au burin.

> Bonne épreuve. Marges.

VERNET (Carle)

182. **Études de chevaux,** publiées par Delpech. Réunion de cinq lithographies. In-fol. en larg.

VILLENEUVE (de)

183. **Fillette à la Chèvre ;**
Fillette aux pigeons.
Deux pièces faisant pendants. Petit in-4 ovales, à l'aquatinte.

> Belles épreuves *imprimées en plusieurs tons.*

WATTEAU (d'ap. A.)

184. **Les Agréments de l'Été**. Gravé par Joulain. In-fol., au burin.

> Belle épreuve, un peu frottée.

185. — **Départ des Comédiens Italiens en 1697**. Gravé par L. Jacob. In-fol. en larg.

> Belle épreuve.

186. — **L'Occupation selon l'âge**. Gravé par Dupuis. *A Paris, chez la V*ve *de F*. *Chereau*. In-fol. en larg.

> Belle épreuve. Grandes Marges.

187. — **Figures françaises et comiques**. Série de 7 pièces gravées par Cochin, Desplaces et Thomassin fils. In-8.

> Belles épreuves.

WESTALL (d'ap. R.)

188. **The Country Clergymann : Le Curé de Campagne.**
Gravé par R. Field. *London, pub. 1801 by A. Cardon.* Jn-
fol. en larg., au pointillé.

Très belle épreuve *imprimée en couleurs.* Marges.

WOLFF L'AINÉ

189. **L'Amitié.** Gravé par Wolff le jeune. *A Paris chez l'Auteur.*
Pelit in-fol. ovale, au pointillé.

Belle épreuve *imprimée en deux tons, les chairs en sanguine.*
Marges. — Encadrée.